손끝으로 읽는 지도

파라북스 시집 001

손끝으로 읽는 지도

초판 1쇄 인쇄 2020년 1월 5일
초판 1쇄 발행 2020년 1월 10일

지은이 | 권정우
펴낸이 | 김태화
펴낸곳 | 파라북스
편 집 | 전지영
디자인 | 김현제

등록번호 | 제313-2004-000003호   등록일자 | 2004년 1월 7일
주소 | 서울특별시 마포구 와우산로29가길 83 (서교동)
전화 | 02) 322-5353   팩스 | 070) 4103-5353

ISBN 979-11-88509-28-7 (03810)

이 도서의 국립중앙도서관 출판예정도서목록(CIP)은 서지정보유통지원
시스템 홈페이지(http://seoji.nl.go.kr)와 국가자료종합목록 구축시스템
(http://kolis-net.nl.go.kr)에서 이용하실 수 있습니다.
(CIP제어번호 : CIP2019050856)

파라북스 시집 001

손끝으로
읽는
지도

권
정
우

파라북스

인류 최초의 글자는
거래를 위해서 만들어졌다고 합니다
이런!

그래서 나는
글자가 화를 풀 때까지
시를 쓰기로 했답니다

2019년 겨울
권정우

■ 차례

시인의 말 ... 5

1부 _ 운주사 와불

운주사 와불 ... 12

동행 ... 13

어머니의 집 ... 14

손끝으로 읽는 지도 ... 16

곰배령 ... 18

오동나무장 ... 20

안개도시 ... 22

왕소군 ... 24

그 시절로 돌아갈 수 있다면 ... 26

대청봉 ... 27

2부 _ 바람의 나날

숨은 뜻 ... 30

내 나이 서른에는 ... 32

아버지의 길 ... 34

구들마루 ... 36

기러기의 봄 ... 38

세상에 없는 풍경 ... 40

달맞이꽃에 앉은 잠자리 ... 41

함박꽃 향기 ... 42

바람의 나날 ... 44

두로령 ... 46

3부 _ 오늘, 아침

새해에는 ... 48

처서 ... 51

오늘, 아침 ... 52

하얀 궁전 ... 54

그레이트 반얀 트리 ... 56

술이 익어가는 시간 1 ... 58

술이 익어가는 시간 2 ... 61

뒷모습 ... 64

어디서 왔을까 ... 66

다른 세상에 있는 나에게 ... 67

4부 _ 겨울 노래

태어난 것만으로도 ... 70

착한 핑계 1 ... 72

겨울 노래 1 ... 74

겨울 노래 2 ... 75

겨울 노래 3 ... 77

한 사람 ... 78

착한 핑계 2 ... 79

웃음나라 ... 80

요즘 내가 걱정하는 건 ... 82

아니, 아니 ... 84

오월, 아침 ... 86

5부 _ 나비의 집

나비의 집 1 ... 90

나비의 집 2 ... 91

나비의 집 3 ... 92

나비의 집 4 ... 94

나비의 집 5 ... 96

나비의 집 6 ... 98

옆집 모란 ... 99

다른 세상의 줄 ... 100

살구 꽃잎 ... 102

나는 이제 ... 104

해설 _ 엄정한 자기 성찰, 그리고 그리움과 이법의 세계

　　　 – 송기한 (대전대 교수) ... 106

1부

—

운주사 와불

운주사 와불

천 개의 부처가
뿔뿔이 흩어져버린 뒤에도
나 당신 곁을 떠나지 않을 테지만 …

당신 곁에
또다시 천년을 누워있어도
손 한번 잡아주지 않을 걸 알면서도 …

천 개의 석탑이
다시 바위로 들어가 버린 뒤에도
당신을 사랑하는 마음 변치 않겠지만 …

내가 당신 곁에
얼마나 오래 있었는지도 모르는 당신은
다시 천년이 지나도
하늘만 바라보고 있을 테지만 …

동행

밤이 깊을수록
달빛 환하고

호수에 잠긴 산
그림자가 더 선명하다

어머니의 집

어머니의 집은 어디인가
자식들이 힘을 모아
아파트를 구해 드린 게 십 년 전인데
이 집이 당신 집이 아니라면
어머니의 집은 어디인가
한푼 두푼 모아서 장만했지만
빚 때문에 팔아야 했던
부천의 양옥집도 아니고
텃밭도 있고 우물도 있던
신정동 무허가 보로꾸집도 아니고
화장품 팔러 다니다 병을 얻었던
상도동 산동네 흙벽돌집도 아니라면
어머니의 집은 어디인가
아버지가 직장을 때려치우고
일곱이나 되는 식구들을 끌고 들어간
강원도 산골짝의 오두막도 아니고
자수성가한 외할아버지가
금강송으로 번듯하게 지은 외갓집도 아니라면

어머니의 집은 어디인가

중풍으로 쓰러진 어머니
모르는 집에 맡겨진 아이처럼
우리 집으로 가자고 애원하는데
어머니의 집은 어디인가
오래전부터 대문을 열어놓고
주인을 기다리고 있었는데도
한번도 살아보지 못한 어머니의 집은

손끝으로 읽는 지도

시들어버린 철쭉꽃과
붉게 타오르는 장미 꽃잎을,
매끈한 사철나무 이파리와
부드러운 개암나무 이파리를
손끝으로 만져봅니다

철쭉꽃은 시들지 않았고
장미 꽃잎은 차갑네요
사철나무 이파리는
개암나무 이파리처럼 부드럽구요

주머니에 있는 지도를
손끝으로 읽는 이누이트처럼
손끝으로 읽으니
세상은
다른 얼굴을 하고 있습니다

환한 하늘에서는 별을 볼 수 없고

눈을 감지 않으면 꿈을 꿀 수 없습니다

손끝으로
지도를 읽어봅니다

눈보라 치는 세상에서
길을 잃지 않으려고,

보이지 않는 곳에 있는
나의 집을 찾아가려고

곰배령

함박꽃
초롱꽃
싸리꽃
백당나무

꽃에서 꽃으로 난 길을
날개를 접은 채 올라왔지요

고개 위에 피어있는 붓꽃

이 많은 붓으로 글을 쓰면
잊히지 않을까요

이 고운 붓으로 칠을 하면
바래지 않을까요

우리에게 허락되지 않은 길이
고개 너머에 있습니다

당신 손을 잡고 걸어온 길이
고개 너머로 돌아가고 있습니다

오동나무장

외할아버지가 첫아들을 얻고
아내한테 선물한
오동나무장

외할머니가 아직 치매에 걸리지 않았을 때
막내딸에게 물려준
오동나무장

인민군 장교가 군홧발로 걷어찼던 이야기를
어머니한테 들은 기억이 새겨진
오동나무장

돌아가신 어머니 생각이 난다는 말을 감춘 채
수건으로 먼지를 닦아주던 어머니마저
나비처럼 날아가 버렸어도

본가에 오면
오동나무처럼 서 있는

오동보다 훨씬 귀하다는
화양목으로 만들었다는 걸 알게 됐지만
다른 이름으로는 부르고 싶지 않은
오동나무장

안개도시

이슬에 젖은 단풍잎을 밟으며
학교에 가던 기억을 떠올리라고
안개가 짙게 끼었습니다

안개 너머에서
친구들이 재잘대는 소리가 들려
웃음을 참고 발소리를 죽인 채 따라갔지요
나는 혼자인데 혼자가 아니었습니다

안개도시에는
불 꺼진 아파트와
차가 다니지 않는 도로와
문을 열지 않은 가게밖에 없지만

시시해하지 말라고 세상은 내게
붉게 물든 나뭇잎과
안개 낀 아침과
이슬방울이 맺힌 거미줄과

바다로 이어진 호수와

웃음을 참고 발소리를 죽인 채

내 뒤를 따라오는 누군가를 보냈습니다

돌아보면 아무도 없지만

안개도시에서 나는

혼자인데 혼자가 아닌 나날을 살고 있지요

왕소군

한나라 원제에게는 수많은 후궁이 있었다지요
일일이 얼굴을 볼 수 없어서
화공에게 얼굴을 그려 바치라고 했답니다
그림을 보고 마음에 드는 궁녀를 맞이한 거죠

궁녀들은 화공에게 뇌물을 바쳤습니다
많게는 십만 냥, 적어도 오만 냥

소군은 뇌물을 바치지 않아
임금의 눈에 들 수 없었지요

흉노의 추장이 입조해서 배필을 구하니
원제는 소군을 주마고 약속했어요

소군이 흉노로 떠나는 날
원제는 그녀를 처음 봤습니다

붙잡아두고 싶었지만

약속을 어길 수는 없었습니다

소군이 옥안장을 털고 말에 오르는데
복사꽃 같은 뺨에 눈물이 흐릅니다
오늘은 한나라 궁녀지만
내일이면 오랑캐의 아내가 될 테지요[*]

자기 그림이 남아있는 궁궐을 뒤로 한 채
소군은 오랑캐 나라로 떠났습니다

눈을 감은 뒤에도 고향에 돌아오지 못해
무덤에 난 풀이 겨울에도 시들지 않았다네요

[*] 이백의 시 〈왕소군〉

그 시절로 돌아갈 수 있다면

밤을 새워서라도 그녀가 하는 말을 들어줄 것이다 마음의 상처를 쓰다듬어 주리라 소중한 사람을 지켜 주리라 느린 연애를 할 것이다 사랑하는 사람을 위해서 매일 새롭게 태어나리라 지상에 태어났지만 천상의 사랑을 하리라 오늘이 마지막인 것처럼 사랑하고, 사랑이 주는 기쁨만을 누리고, 사랑 뒤에 흙탕물처럼 밀려오는 슬픔을 온몸으로 맞이하리라 살아가는 데 슬픔도 필요하다는 것을, 깊고 강렬한 슬픔을 견뎌야 고귀한 존재로 거듭난다는 것을 이제는 안다 나를 사랑했느냐고 묻는 그녀에게 사실대로 말해 줄 것이다 진심으로 사랑했다고, 세상을 잃는다 해도 너만 있으면 아무렇지도 않을 만큼 네가 소중했다고, 다시 시작할 수는 없지만 너를 사랑하는 마음은 그대로라고

대청봉

단풍들자 눈 내렸는데

꽃 핀 뒤에도

2부

—

바람의 나날

숨은 뜻

추위를 더 이상 견디기 어려울 때가 있다
해가 뜨기 직전이라는 뜻이다

한 걸음도 내딛기 어려울 정도로
숨이 찰 때가 있다
정상이 가까웠다는 뜻이다

나는 그릇이 아니지만
불길에 달궈지는 고통이
어떤 것인지 알 것 같다

더 이상 견디기 어려울 정도로
숨이 막힐 때가 있다
가마에서 나갈 때가 다 됐다는 뜻이다

어차피 사는 게 뜻대로 되지 않는 거라면
오지 않은 오늘을 걱정으로 채우기보다
즐거운 꿈으로 채우며 살고 싶다

나갈 때가 지났는데도
내보내지 않을 때가 있다
무척이나 큰 그릇이라는 뜻이다

내 나이 서른에는

처음부터
목적지 같은 것은 없었으니
길이 이끄는 대로 가면 된다는 것을
아무도 가르쳐주지 않았다

바람이 길을 막으면
핸들을 돌려서
바람에 몸을 맡겨야 한다는 것도
알지 못했다

바람을 거스르지 않으면
바람이 페달을 밟아주어
바퀴가 물 흐르듯 굴러가는데

바람과 내가,
자전거와 길이,
강물과 먼 산이 하나가 되는데

우리는
바람이 거세게 부는
봄날 아침에
자전거 안장에 몸을 싣고
무작정 길을 나선 사람들인데

아버지의 길

1

인제 장에서 밀가리 한 포대 짊어지고 산길에 접어들었는
데 해는 저물고 비까지 추적추적 내리지 않았겠냐 육이오
때 죽은 군인들 해골바가치가 발길에 걷어채였지 산짐승
이 나타나면 돌팔매로 쫓아버렸어 비탈에서 몇 번을 굴렀
던지… 땀으로 범벅이 돼서 고갯마루에 올라서면 우리 집
봉창으로 희미하게 불빛이 새나오는 게 보여 네 엄마가 양
식 구하러간 남편을 기다리는 거지

네 엄마는 수목장을 했다만 나는 수목장이고 뭐고 할 것도
없다 산이고 바다고 아무데나 뿌려버려라

2
젊을 때는 하루 종일 걸어도
힘든 줄 몰랐다는데
일주일째 걸음을 못 걸어
아버지는 점점 의자가 되어간다

장군섬이 내려다보이는
고향집 뒷산일까,
거기서 바라보던 여수 앞바다일까

너무 멀리 걸어온 길손을
길 떠나기 전부터 기다리고 있는
내 아버지의 집은…

3
우리 아버지,
어제 당신 집에 도착했습니다
무사히…

구들마루

1

오전에는 장작을 팼습니다 요령만으로는 도끼질을 할 수 없습니다 통나무를 도끼질 한 번에 쪼개려 했던 적이 있었지요 통나무의 자존심을 살려주면 처음에는 완강히 버티다가도 얼마 안 가서 순순히 반으로 갈라집니다 도끼날이 상할 일도, 발등을 다칠 일도 없지요 옹이가 많다고 다음으로 미루면 옹이투성이 장작만 남게 된다는 것도 이제는 압니다

껍질에서 시작된 벌레의 길이 속까지 나 있네요 한 뼘도 채 안 되지만 길고 험난했을 벌레의 여정이 눈에 훤합니다 나무보다 더 단단한 각질로 무장했다면 길을 낼 수 없었을 겁니다 빠른 걸음으로는 깊은 곳까지 도달할 수 없다고, 빛을 보려면 더 짙은 어둠으로 나아가야 한다고 벌레의 길이 말해줍니다 내일 필요한 땔감은 내일 장만해야겠습니다

2

한낮에는 풍욕을 했습니다 문을 모조리 열어놓았지요 바

람과 햇볕이 집안 구석구석을 씻어줍니다 창호지문이 흙
다짐벽에서 나오는 빛을 걸러 내보냅니다 마루에 요를 깔
고 누우니 바람이 몸을 쓰다듬고 햇볕이 바람의 물기를 말
려줍니다 마당에서 피어오르는 아지랑이 너머로 잔설이
덮인 앞산이 보입니다 귀 기울이지 않아도 얼음 풀린 계곡
의 물소리가 아련히 들려옵니다 바람이 거세고 해가 나지
않는 날에 오늘을 떠올리며 고마워하라고 이런 날이 있나
보네요

책을 보다가 음악을 듣다가 잠시 눈도 붙여봅니다
혼자 있는 것이 축복으로 느껴질 때까지…

3
주머니에 없는 건 흘릴 일이 없지요
이룰 수 없는 것이 있어서 나는 살고 있습니다
끝이 보이지 않는 길을 천천히 걸어가고 있습니다

기러기의 봄

졸업식에 가려고 집을 나서는데
기러기가 떼를 지어 날아갑니다

졸업철이 끝나면 곧 봄이 오는데,
살랑살랑 봄바람이 불고 꽃도 필 텐데,
아는지 모르는지 기러기들이 떠나갑니다

봄까지 남았다가는 신세 굳히기라도 하는 것처럼
기를 쓰고 돌아갑니다

졸업을 하면 세상에 또다시 내동댕이쳐지는 학생들처럼
기러기들은 얼음 징검다리를 건넙니다
겨울에서 한 발 떼어 다음 겨울로 올라서고 있습니다

봄이 와버리면 건널 수 없는
험한 개울을 건너는 것이지요

그래서인지 기러기들은

몸통으로 만든 말줄임표로
커다란 V자를 그리며 날아갑니다

다음 겨울로 건너올 때도 그럴 테지요

세상에 없는 풍경

그때는
자귀나무 꽃향기인 줄도 몰랐지요

꽃이 져도 향기는 남듯이
날갯짓도 남아있네요

그 자귀나무가 아니어도
제비나비 한 쌍 홀연히 날아듭니다

나비 날아가고
꽃은 지고
나무마저 사라지겠지만

먼 곳에 있는 당신이
그때처럼 환한 얼굴로
저것 좀 보라며
세상에 없는 풍경을 가리키고 있네요

달맞이꽃에 앉은 잠자리

잠자리가
꽃을 따라 흔들립니다

잠자리 눈에는
세상이 흔들리는 것처럼 보이겠지요

함박꽃 향기

나비 한 마리
범종에 앉아
곤히 잠들어 있다*

부손의 시를 읽어주는데
시를 읽을 때마다
입으로 들어오는 함박꽃 향기

누가 강의실 창문을 열어놓을 생각을 했을까
얼굴도 모르는 이에게 고마워하며

나는 다른 사람의 눈에 비치는 빛을
나의 태양으로,
다른 사람의 귀에 들리는 음악을
나의 교향곡으로,
다른 사람의 입술에 떠오르는 미소를
나의 기쁨으로 여기며 살려고 한다**

헬렌 켈러의 산문을 읽어주는데
봄바람에 실려
다시 창틀을 넘어오는 함박꽃 향기

나는
다른 이의 몸을 빌리기라도 한 것처럼
다른 이가 심어놓은 함박꽃
그 향기를 맡으며
꿈을 꾸는 듯
다른 이가 쓴 시를 읽어준다

나의 범종이
울릴 때까지

* 부손
** 헬렌 켈러

바람의 나날

바람이 구름을
어마어마하게 몰고 왔습니다

산마루에 올라
구름에 덮인 하늘을
보지 않고는 배길 수 없는 날입니다

매미 소리가 멀어졌습니다
여름을 짊어지고
소리 없이 가고 있었나 봅니다

바람만으로도
행복해지는 날입니다

넘치는 건 넘치는 대로
모자란 건 모자란 대로,

좋은 건 좋은 대로

싫은 건 싫은 대로,

다 받아줄 수 있을 것 같은 날입니다

세상도 나도
뒤죽박죽이지만
정리하지 않아도 마음이 편한
참 이상한 날입니다

두로령

숲이 흔들리는 줄 알았습니다

나뭇가지 하나 제자리로 돌아왔을 뿐인데,

새 떠난 뒤에

3부
—
오늘, 아침

새해에는

지난해를
웃는 얼굴로 산 사람들은
일요일이 이틀인 달력을 받고,

지난해에
이웃에게 기쁨을 준 사람들은
1년 6개월짜리 달력을 받는다는군요

올해도 해는
아침에 떠서
저녁에 진다고 합니다

봄이 또 오고
살랑대며 바람이 불고
꽃이 또 필 거라네요

작년에 인간들이
그렇게 모진 짓을 했는데

지구별은
태양계에서 쫓겨나지 않는답니다

새 식구가 들어올 가능성도 없다는군요
은하계까지 소문이 퍼진 게 분명합니다

올해부터는
나이를 한 살 더 먹고도
나잇값을 못하는 사람들은
나이를 더 먹을 수 없답니다

'사람들이 흘리는 눈물의 양은 일정해서
누군가 울음을 그치면
누군가는 울게 되어있었는데'*
이것도 올해부터는 달라진다고 합니다

누군가가 눈물을 흘리지 않아도 되고
누군가가 웃음을 멈추지 않아도 되니

새해에는
언제든 눈물을 닦고
마음껏 웃으며 살 수 있답니다

* 사무엘 베케트의 ≪고도를 기다리며≫에서

처서

늦게
꽃피는
아이들에게도
고마워해야겠다

연꽃이
아직
지지
않고
있으니

오늘, 아침

오늘은 물소 떼를 볼 수 있을까
진흙 목욕을 해서 윤기가 흐르는 털이
아침 햇살을 받아 반짝인다고 했지

아파트 단지 근처
강변으로 산책을 나가면
커다란 검은 뿔이 나 있고
얼굴과 몸통은 더 검은 털로 덮인
물소들이 한가로이 풀을 뜯고 있다고 했지

북미 인디언과 함께 수천 년을 살다가
백인들의 총질로 박제로만 남아있는 물소가
인디언의 고향인 이곳에는 멀쩡히 살아있다고 했지

소가 집으로 돌아오는 저물녘이면
물소들이 줄을 지어 집으로 돌아온다고 했지

시내로 나가는 길에

물소 떼를 볼 수 있을까

진흙 목욕을 해서

윤기 흐르는 검은 털이

아침햇살에 반짝이는

물소 떼를,

오늘은 볼 수 있을까

하얀 궁전

빅토리아 메모리얼 공원은
세 귀퉁이에 호수가 있습니다

호수 건너에서 보면
호수에 비친 하얀 궁전이 보입니다

호수에 비친 궁전이
호수 바깥에 있는 궁전보다
더 선명하고 아름다워 보입니다

하얀 궁전은
타지마할을 모델로 만들었다고 하니,
물에 비친 타지마할인 셈입니다

타지마할은
사랑하는 사람이
영원히 기억되기를 바라며 지었다지요

그렇다면 타지마할은
호수에 비친 사랑하는 사람입니다

사랑하는 사람이 자리를 떠나도
호수에는 여전히 그 사람이 있습니다

하얀 궁전처럼
더 선명하고 아름답게

그레이트 반얀 트리

멀리서 보면 숲이지만
자세히 보면 나무 한 그루
반얀 트리,
반얀 트리

낮은 곳으로 손을 내밀면
숲을 이룰 수 있다고
거대한 몸으로 쓴 한 줄의 문장
반얀 트리,
반얀 트리

어디서 왔을까
얼마나 자랄까
반얀 트리,
반얀 트리

석가는 반얀 트리와
무슨 말을 나눈 걸까

반얀 트리,
반얀 트리

대답하지 않는데
그 앞에 서면
끊임없이 질문을 던지게 되는
반얀 트리,
반얀 트리

술이 익어가는 시간 1

맥주가 익어갑니다
집에서 술이 익는 시간에
학생들을 가르치고
책을 읽고
글을 쓰고
이러저런 생각을 하고
벚꽃이 활짝 핀 걸 보고
벚꽃이 지는 것도 보고
사람을 만납니다
소중한 사람도 있고
아닌 사람도 있지요

효모가 당분을 분해해서
알코올을 만들고 있으니
아무것도 안 해도
노는 게 아닌 것 같고
일을 하면
두 배를 하는 것처럼 뿌듯합니다

집에 들어올 때마다
술통을 들여다보게 됩니다
그게 뭐라고
보글보글 공기방울이 올라오는 걸
한참을 바라보곤 하지요

소윤이를 학교에 데려다주는 중에도
술이 익고 있습니다

내가 지키고 서있지 않아도
소윤이는
친구를 사귀고
공부를 하고
밥을 챙겨 먹지요
소윤이도 맥주 효모처럼
알아서 자기 일을 합니다
손이 가지 않는 나이가 됐습니다

술이 익어가는 걸 지켜보다가
나도 누군가의 술통에서
열심히 당분을 분해하고 있는
효모가 아닐까,
자기가 무슨 일을 하고 있는지
알지도 못하고
알 필요도 없는
효모가 아닐까 하는 생각이 들었습니다

세상에는 너무도 많은 술통이 있고
술통에는 셀 수 없이 많은 효모가 있는 걸
알아버렸으니,
나는
세상에서 가장 열심히 일하는 효모가 아니라
세상에서 가장 마음 편히 일하는 효모가 되기로 합니다

술이 익어가는 시간 2

하루 종일 술에 취한 채로
평생을 살았다는 우리 할아버지

주종은 가리지 않았지만
안동소주를 제일 좋아했다는데

내가 태어나기 15년 전에
다른 세상 사람이 됐다는데
이것도 다 술 때문이라는데

술을 마실수록 얼굴빛이 하얘졌다는데
젓가락 끝에 침을 묻혀
소금을 찍어 먹는 게 유일한 안주였다는데

술 한 잔 받아주면
모르는 사람과도 금세 친구가 됐다는데
담보 없이도 흔쾌히
달라는 대로 다 빌려줬다는데

평생 변변한 직업이 없이 살았던 것도
술 때문인지,
술로 버틴 건지,
그러거나 말거나 관심도 없었는데

우리 가족이 마셔야 하는 술을
할아버지가 다 마셔버린 탓에
술을 좋아하는 사람이
성윤이 빼고 아무도 없는데

어차피 마셔야 하는 술이라면
아들에게 좋은 술을 마시게 하고 싶어서
술을 담그기 시작했습니다

항아리 뚜껑을 열고
보글보글 거품이 올라오는 걸 들여다보는데

얼굴도 본 적 없는 우리 할아버지가 내 옆에서

우물을 들여다보는 개구쟁이처럼
술독을 들여다보고 있습니다

술이 다 익지도 않았는데
벌써부터 기분이 좋아
우리 아들이
아빠가 담가준 술을 마실 때처럼
세상에서 가장 행복한 표정을 짓고 있습니다

뒷모습

요즘 군대가 얼마나 달라졌는지,
얼마나 좋은 부대로 가게 됐는지,
신이 나서 설명을 하던 아들이
귀대 시간이 가까워지자
혼잣말을 합니다

아, 들어가기 싫다 …

신음소리는 이를 꽉 깨물어도
흘러나오게 되어 있지요

내가 우리 아들 나이였을 때
온 식구가 첫 면회를 왔습니다

등이 터서 거칠어진 내 손을 쓰다듬는
어머니의 눈에서 눈물이 흘렀습니다

이승에서의 마지막 면회일 것 같았지만

내색하지 않았습니다

어머니는 떠나고
나는 남았지요

사랑하는 사람의
뒷모습을 보지 못한 채

몰랐을 거라며,
몰랐을 거라며,
서른 번의 겨울을
흘려보냈습니다

어디서 왔을까

빈 가지마다 새 잎이,
바람이 불어도 날아가지 않는
나비처럼 …

낙엽 사이로 새순이,
담장 위로 고개를 내민
아이들처럼 …

공중에는 산새 소리가,
골짜기를
반쯤 채웠다가
텅 비웠다가 …

다른 세상에 있는 나에게

너도
맷집 좀 길러야 할 걸?

4부

—

겨울 노래

태어난 것만으로도

생명은 어떻게 탄생한 건가요?
미생물을 전공하는 교수에게 물었더니
이런 대답을 합니다
알 수 없습니다,
생명의 탄생은
과학으로 설명할 수 없는 현상입니다

그렇구나,
내가 맡고 있는 아까시 향기도
내게 그늘을 드리우고 있는 느티나무도
그 아래 서있는 나도
세상에 나올 수 없었던 거로구나

알 수 없다는 말을 듣고
나는 너무도 많은 것을 알게 됐지요

세상에 나올 수 없었던 내가
세상에 나올 수 없었던

나무를 보고
풀잎을 만지고
사람을 만납니다

그러니까
살아 있는 모든 것들은
세상에 태어나 준 것만으로도
서로에게 선물이 되는 것이지요

힘든 일이 있어도
사는 게 허망하다 여겨질 때도
나는 세상에 나올 수도 없었던 거라는 생각을 하면
모든 게 고마울 뿐입니다

다른 별에서 지구를 바라본 적은 없지만
무척 부러울 것 같습니다
아, 저들은 무슨 복으로
저 아름다운 지구별에 태어나 살고 있을까?

착한 핑계 1

내가 원해서 세상에 나온 게 아니니
내 뜻대로 살기로 합니다

열심히 달려왔으니
더 열심히 달릴 수 있고

알아보는 사람이 없으니
앞으로도 한눈팔지 않고 살 수 있습니다

공부해도 아는 게 없으니
더 즐겁게 공부하려 합니다

가진 게 없으니
나누기로 합니다

웃을 일이 없으니
더 크게 웃어야겠습니다

사랑을 주었으니
더 많이 사랑할 수 있고

이룬 게 없으니
홀가분하게 떠날 수 있습니다

언제일지 알 수 없으니
오늘이 마지막 날인 것처럼!

겨울 노래 1

언제 그랬냐는 듯,
언제 그랬냐는 듯,
바람의 목소리가 바뀌고

꽃잎을 소복이 올려놓고 가겠지
흰 눈이 얹힌 이 나뭇가지*에 …

* 타다토모

겨울 노래 2

나무에
담장에
마당에
지붕에
길 위에

말하자면
하늘에서 내려다보이는
모든 것의 머리와 어깨에

깃털보다 가벼운 문자로
못 읽는 사람이 없을 때까지
쓰고 또 씁니다

앞을 볼 수 없는 사람도 있을 테니
가만히 귀 기울이면 들을 수 있는
작은 목소리로도 말해 줍니다

더 아름다운 말을 하고,
더 아름다운 사랑을 하고,
더 아름답게 살라고

그래도 알아듣지 못하는 사람이 있을까 봐

지워진 글자 위에
처음 쓰는 것처럼 흰 글씨로,

목소리가 흩어진 그 자리에
처음 말하는 것처럼 나지막하게,

길고 긴 겨울이 다 지날 때까지!

겨울 노래 3

바라만 보다,
바라만 보다,

땅에 떨어진 뒤에야
만날 수 있는
두 송이 동백꽃!

한 사람

온 세상이 달래준다 해도
한 사람에게서 받은 상처가
아물지 않을 것 같았던 적이 있었습니다

그 사람이 독해서 그랬던 게 아니라
내가 강하지 못해서 그랬던 거지요

온 세상이 괴롭힌다 해도
한 사람만 곁에 있으면
견딜 수 있습니다

한 사람이
온 세상보다
더 소중하기도 하니
나는 누군가의 한 사람이 되기로 합니다

충분하다고 느낄 때까지
곁에 있기로 합니다

착한 핑계 2

연꽃이 핀 걸 볼 수 있으니
더 깊이 사랑하기로 한다

웃음나라

아이들 웃음소리보다
더 아름다운 노래가 있을까요?

웃고 있는 아이들보다
더 멋진 그림이 있을까요?

아이들이 노는 곳에는
아름다운 노래가 끝나지 않고
멋진 그림이 지워지지 않지요

어른이 되면 아이들은
웃음을 잃어버립니다

아름다운 노래와
멋진 그림도
같이 사라집니다

그 많은 웃음이

모두 어디로 가버린 걸까요?

주인 손을 놓쳐버린 웃음이 모여드는
웃음나라가 틀림없이 어딘가에 있을 겁니다

그곳에 가면,
하염없이 주인을 기다리는 웃음을
다시 찾을 수 있을 것 같은데!

웃음나라는 어디 있나요?

요즘 내가 걱정하는 건

아들이 세상에 나왔을 때
얼마나 걱정을 했던지요
신생아실에서 다른 아이와 바뀔까 봐

말을 배우기 시작한 뒤로는
보석 같은 말만 쏟아냈는데
한 해 두 해 자라면서
아이가 바뀌었습니다

입대 날짜가 가까워질수록
심사가 더 꼬여만 가는데
그렇게 살면 안 된다고 말해주고 싶지만
귀를 닫은 지 오래입니다

군대 가서도 아들이
바뀌어서 오지 않으면 어쩌나
나는 요즘 이게 걱정입니다

매일매일 예쁜 짓을 해서
엄마와 아빠를 깜짝깜짝 놀라게 하는 우리 딸은
행여나 밖에서 엉뚱한 아이와
바뀌어 올까 걱정이구요

일과를 마치고 집에 들어오면
나는 아내 얼굴빛부터 살핍니다
다른 사람과 바뀌어서 오지 않은 걸
좋아하는지,
싫어하는지

아니, 아니

1
저 작은 꽃
한 송이를 다시 보는 데
한 해가 걸렸네요

아니,
저 작은 꽃
한 송이를 피우느라
한 해가 걸렸네요

아니,
아니,
한 해밖에 지나지 않았는데
꽃이 피는 걸 다시 볼 수 있네요

온 세상이
꽃잎으로 덮이는 걸
다시 볼 수 있네요

2

봄이 한 걸음씩 다가올 때마다
보고 싶은 마음도 그만큼 커지는데

어쩌면 좋을까요,
이제 세상은 온통 꽃잎으로 뒤덮일 텐데

오월, 아침

나뭇잎이 반짝입니다

꽃도 산새 소리도 바람도
이제 자리를 잡았습니다

오월이라서,
오월이라서

어제와 다른 사람이
된 것 같네요

오늘 아침이
그런 것처럼,

멀리서도
사랑하는 사람을
안아줄 수 있을 것 같네요

오늘 아침
햇살이 그러는 것처럼

5부
—
나비의 집

나비의 집 1

아침 내내
산부추 꽃에
호랑나비가
세 마리였다가
네 마리였다가

툇마루에 나가
자세히 보니
날개 끝이 떨어져나간 녀석도 있습니다

내 차례가 오기를
얌전히 기다렸지만

부추 꽃이 얼마나 향기로운지
끝내 맡지 못하고 말았습니다

나비의 집 2

산부추 꽃이 지고
단풍은 아직 물들지 않았습니다

나비는
보이지 않는 곳에
새집을 지었나 봅니다

앞산 가득
단풍이 물들고
눈이 펑펑 내려도
빛깔도 향기도 그대로인 꽃이겠지요

나비의 집 3

비가 그치면
구들마루 앞산에 단풍이 물들겠지요

구름 사이로
단풍 물든 산이 얼굴을 내밀겠지요

이 비가 그치면 나비는
먼 길을 떠나겠지요

양지 바른 터에
바람도 잠들어
봄을 기다리기 좋은
자기 집을 찾아가겠지요

그때가 또 오고
비가 내리고
단풍이 또 물들겠지요

색깔이 같은 나비가
부추 꽃에 앉으면
나는 또 툇마루에 앉아서
그때 그 나비를 보는 것처럼
한참을 바라보겠지요

나비의 집 4

담쟁이 이파리에도
가을이 물을 들여놨습니다

저녁 햇살이
이파리를 헤치고
창을 열고 들어와
책장에 꽂힌 책을
하나하나 어루만집니다

어떤 책은
부드러운 손길로,

어떤 책은
따스한 손길로

쓰다듬어 주기만 할 뿐인데
너무 많은 일을 해 주고 있습니다

들어온 문으로
온기와 함께
햇살이 빠져 나가면,

가벼운 몸을 돌려
어딘가에 있을 자기 집으로
돌아가 버리고 나면,

어두운 표정으로 방안을 들여다보는
담쟁이 이파리와,
빛을 잃어버린 책들과,
햇살이 돌아간 길을
눈으로 쫓는 내가
지금과는 다른 세상에 남아있겠지요

나비의 집 5

바람이 나뭇잎에
색칠을 했습니다

천 개나 되는 손으로
이파리를 하나하나 쓰다듬던
그 바람이겠지요

바람은 어떻게 나를 알아보고
내가 좋아하는 빛깔로
내 이파리를 물들여준 걸까요?

물이 잘 든 이파리만 골라내는
바람의 손이
항상 내 곁을 맴돕니다

어린잎을 바람이
몇 번이고 쓰다듬어 주는 걸
지켜본 적이 있지요

바람이 나무에게
속삭이는 말은
몇 계절 떨어져 있는
내 귀에 들립니다

곱게 빛나는 것들은 모두
가장 아름다울 때
자기 집을 찾아간다고

나비의 집 6

바람 불어 꽃잎이 져도
꽃이 피었던 자리는 남아있습니다

꽃이 피었던 자리는 찾지 못해도
꽃이 피었던 기억은 남아있습니다

기억을 잃어버린 뒤에도
꽃은 또 피겠지요

찾는 사람이 없어도
꽃이 피었던 자리는 남아있습니다

옆집 모란

올해는 향기가
더 깊어졌습니다

이제 주인은
올 수 없는데,

아는지
모르는지

다른 세상의 줄

벌을 받아야 하는 사람이 상을 받으면
상을 받아야 할 사람은 벌을 받습니다

그렇다면,
그렇다면 …

벌을 받는 것도
상을 받는 것도
지상의 줄일 뿐입니다

하늘이 자기 이름을 부르면
'네!' 하고 대답한 뒤에
다른 세상의 줄에 서야 하지요

선생님이 출석을 부를 때처럼,
대답을 하고 나면
비로소 수업이 시작됩니다

너무 빨리 이름이 불린 반석이는
무슨 수업을 듣게 될까요?

그게 어떤 수업이든
내 수업을 들을 때처럼
강의실 한 가운데 앉아서
웃음 띤 얼굴로
선생님과 눈을 맞출 겁니다

오늘 나는
반석이의 이름을
불러본 적이 없는 방식으로 불러봅니다

잘 가라,
반석아 …

이제 네 이름을
소리 내서 부르는 일은 없겠구나 …

살구 꽃잎

1
냇물에도
바위에도
낙엽에도
흙길에도

나비처럼 내려앉는

살구 꽃잎
살구 꽃잎

2
냇물에도
바위에도
낙엽에도
흙길에도

나비처럼 살랑이는

살구 꽃잎
살구 꽃잎

3
냇물에도
바위에도
낙엽에도
흙길에도

나비처럼 날아가는

살구 꽃잎
살구 꽃잎

나는 이제

더 이상 바랄 게 없습니다
달아났던 봄*이 돌아왔으니!

* 산토카

해설

—

엄정한 자기 성찰,
그리고 그리움과 이법의 세계

:: 송기한(대전대 교수)

1. 세계와의 불화, 존재의 이유

　권정우의 ≪손끝으로 읽는 지도≫는 시인의 두 번째 시집이다. 2010년 ≪허공에 지은 집≫이후 거의 10년 만에 새로운 시집을 내는 것이다. 그러나 시간의 편차만큼이나 두 시집 사이의 거리는 그리 멀어 보이지 않는다. 그것은 시인의 시세계가 아직 완성되지 않았다는 데 첫째 원인이 있고, 두 번째는 첫 시집에서 던져졌던 서정적 물음들이 현재 여전히 진행되고 있기 때문에 그러한 것처럼 보인다. 첫 시집에서 시인이 발언했던 서정의 의문들은 존재 자체에 관한 것들이 대부분이었다. 실상 이 시인이 아니더라도 모든 인간이란 이 물음으로부터 자유롭지 않거니와 서정의 불화를 기본 축으로 하는 시인들에게 이 문제는 더욱 풀어내기 어려운 난수표와 같은 것이라 할 수 있을 것이다.

자아와 세계 사이에 놓인 서정의 이질성들 혹은 간극들은 권정우 시인에게 여전히 큰 폭으로 남아 있다. 그 거리에 대한 좁힘, 곧 벌어진 서정의 틈들을 촘촘히 채워 나가는 것이 이번 시집의 커다란 주제라 할 수 있다. 존재의 불안과 그 완전성을 향한 형이상학적인 의문이 쉽게 완결되지 않는다는 것은 누구나 예측할 수 있는 일이다. 벌어진 서정의 밀도를 빼곡히 채워 나왔던 시인이 여기에 도달할 수 없었기에 첫 시집 이후 계속 이 의문을 던져왔던 것이다. 그러나 그러한 동일성에 대한 열망에도 불구하고 첫 시집과 이번 시집 사이에 놓인 간극은 시간의 거리만큼이나 편차가 있는 것도 사실이다. 그것을 우선 시어의 구체성과 감각성에서 찾고 싶다. 첫 시집에서 존재에 대한 형이상학적 물음들이 다소 모호한 의장과 관념적 언어의 무늬로부터 자유롭지 못했다면, 이번 시집의 경우는 보다 분명한 은유적 장치의 구사, 그리고 대상에 대한 구체적인 감각을 통해서 자신의 시세계를 뚜렷이 펼쳐 나가고 있기 때문이다. 가령, 시인이 표제시로 선정한 〈손끝으로 읽는 지도〉가 그 대표적인 경우이다.

시들어버린 철쭉꽃과
붉게 타오르는 장미 꽃잎을,

매끈한 사철나무 이파리와
부드러운 개암나무 이파리를
손끝으로 만져봅니다

철쭉꽃은 시들지 않았고
장미 꽃잎은 차갑네요
사철나무 이파리는
개암나무 이파리처럼 부드럽구요

주머니에 있는 지도를
손끝으로 읽는 이누이트[*]처럼
손끝으로 읽으니
세상은
다른 얼굴을 하고 있습니다

환한 하늘에서는 별을 볼 수 없고
눈을 감지 않으면 꿈을 꿀 수 없습니다

손끝으로
지도를 읽어봅니다

눈보라 치는 세상에서
길을 잃지 않으려고,

보이지 않는 곳에 있는

나의 집을 찾아가려고

– 〈손끝으로 읽는 지도〉 전문

이 작품이 이전의 시들과 차별되는 요소는 무엇보다 시
어의 감각성에 있다. 가령, '시들어버린 철쭉꽃'이라든가
'매끈한 사철나무 이파리', 그리고 '부드러운 개암나무 이파
리' 등등이 그러하다. 뿐만 아니라 '차가운 장미꽃'과 '부드
러운 사철나무 이파리' 등도 동일한 경우들이다. 이런 일차
적인 감각은 관념의 세계 너머에 존재하는 것이다. 그런데
그런 감각성들을 두고 '손끝'으로 읽어낸다고 했으니 독자
들이 느끼는 일차적인 감각은 더욱 강하게 느껴지는 것이
사실이다.

이런 감각성 혹은 구체성이 이번 시집의 특징인데, 시인
은 이런 정서의 구체적 감각화를 통해 이전 시집에서 보여
주었던 관념편향적 특성을 어느 정도 뛰어넘은 것으로 보
인다. 이렇듯 시인의 시들은 이전의 시집에서 볼 수 없었던
구체적인 감각을 시어화했고, 여기서 환기되는 정서의 진

■ 편집자 주

알래스카 원주민을 백인들이 에스키모라고 불렀습니다. 에스키모는 '날고기를 먹는
사람'이라는 인종차별 용어입니다. 이 사람들은 자신을 '이누이트'라고 불렀습니다. 사
람이라는 뜻입니다. 이누이트는 나무판에 양각된 지도를 주머니에 넣고 손끝으로 읽
으며 길을 찾아갑니다. 춥고 바람 부는 곳에서 종이 지도는 무용지물입니다.

폭을 통해 시인이 발언하고자 하는 주제의식을 한결 강화하는 방향으로 나아가고자 했다.

시인이 갖고 있던 서정의 방향은 존재에 대한 끊임없는 물음이었다. 그런 의문들이 일차원적인 감각과 어우러지면서 시인의 주제의식이 보다 명료하게 표현된 것이 이번 시집의 특색이다. 〈손끝으로 읽는 지도〉는 이를 대표하는 시이며, 시인이 이 작품을 시집의 이름으로 명명한 의의도 이런 데 있지 않을까 한다.

손끝으로 감각되는 세계는 눈으로 응시하는 것과 분명 다른 것으로 이해된다. 눈이 피상적 차원이라면, 손으로 감각되는 세계는 매우 구체적이기 때문이다. 이는 부드럽다라든가 차갑다라는 일차적인 감각을 뛰어넘어 그것이 구체적으로 무엇인가에 대한 회의랄까 의문을 독자들에게 환기시키고 있기 때문이다. 시인은 현재의 자아, 혹은 방황하는 자아를 인도해줄 해법을 '손끝'으로 찾아내는 지도를 통해서 얻고자 한다. 그가 손끝으로 지도를 읽는 목적은 분명하다. "눈보라 치는 세상에서 / 길을 잃지 않으려고", 그리고 "보이지 않는 곳에 있는 / 나의 집을 찾아가려고" 하기 때문이다. 단순한 응시가 아니라 구체적인 감각을 통해서 찾는 길이기에 그 진정성이 다른 어떤 도정보다도 높고 깊다. 막연한 형이상학적인 관조나 응시의 포즈가 아니기 때문이다.

스스로를 조율해 나가면서 잃어버린 영원성, 존재의 완

성을 찾아나서는 것이 현대인의 운명이자 숙명이다. 권정우 시인의 경우도 그런 아우라로부터 자유로운 것이 아니다. 영원히 정주할 공간을 상실한 근대적 인간이 그 새로운 대안을 향해 찾아나서는 행보를 그 역시 끊임없이 보여주고 있기 때문이다. 시인이 펼쳐 보인 자아와 세계와의 불화는 여기서 비롯된 것이고, 그의 시 쓰기의 본질이자 목적인 서정의 공백도 여기서 출발하고 있는 것이다.

그런데 동일성의 상실, 곧 서정의 공백은 비단 시인 자신만의 것으로 한정되지 않는다. 자신이 나아갈 '길'이나 거주할 '집'에 머무르는 것이 아니라 시인은 지금 여기의 현실 또한 그 연장선에서 이해하고 있기 때문이다.

지난해를
웃는 얼굴로 산 사람들은
일요일이 이틀인 달력을 받고,

지난해에
이웃에게 기쁨을 준 사람들은
1년 6개월짜리 달력을 받는다는군요

올해도 해는
아침에 떠서
저녁에 진다고 합니다

봄이 또 오고
살랑대며 바람이 불고
꽃이 또 필 거라네요

작년에 인간들이
그렇게 모진 짓을 했는데
지구별은
태양계에서 쫓겨나지 않는답니다

새 식구가 들어올 가능성도 없다는군요
은하계까지 소문이 퍼진 게 분명합니다

– 〈새해에는〉 부분

　새해를 맞이하여 새로운 다짐을 밝히고 있는 이 작품은
그러한 각오나 결심이 나오기까지의 상황을 발언한 시이
다. 우리들이 사는 지구촌은 시인 자신만의 문제가 아니라
모두의 문제들로 가득한 공간이다. '인간들이 모진 짓을 하
는 곳'이 우리가 사는 공간이고, 이런 열악한 상황은 '은하
계'에 이르기까지 알려져 있다고 이해한다. 그러니 지구 이
외의 공간에서 사는 새 식구가 이렇게 오염된 지구에 들어
올 수 없다는 것이다.
　시인의 작품 세계에서 '인간들이 모진 짓'을 하는 사례가
무엇인지 구체적으로 표명된 경우는 없다. 흔히 이야기되

는 사회의 불온성이 표나게 드러난 경우도 없고, 또 인간의 사악한 욕망이 거침없이 발산되는 경우도 없다. 다만 이 이전의 상황에 대한 희구 의식, 곧 그리움 정도가 시집의 곳곳에 표현되어 있을 뿐이다. 물론 그 저변에 숨겨진 의미를 역으로 유추해 들어가면 그 본질이 무엇인지 알게 된다. 바로 근원과 같은 원형의 이미지나 유년의 아름다움, 혹은 자연의 섭리 등등이다.

2. 근원에 대한 그리움

근원이란 훼손되기 이전의 어떤 것이다. 그렇기에 현재의 삶이 파편화되거나 분열되어 있을 경우, 이를 초월하기 위해 본연의 그곳으로 되돌아가고자 하는 욕망을 드러내는 것은 지극히 당연한 자의식이라 하겠다. 권정우 시인도 여기서 벗어나지 않는데, 시인이 인식하는 지금 여기의 현실이나 자신의 모습은 긍정적인 것이 아니었다. 그는 자신에게 부여된 숙명의 그림자로부터 벗어나고자 했고, 또 이를 만들어낸 현실에 대해 저항의 신호를 보낸 바 있다. 그러한 도정이 '손끝으로 읽는 지도'의 행보였다. 스스로를 조율해줄 안내자를 만나고 서정의 틈을 메워주는 징검다리를 얻기 위해서 말이다.

　그럼에도 그 길이 그리 녹록한 것은 아니었다. 그의 시선
에 들어온 것들은 불편부당한 현실이었고, 그런 정서는 시
인으로 하여금 더욱 그러한 길로 나아가게끔 추동하는 매
개로 기능했다. 그 일단의 결과가 바로 그리움의 정서이다.

　　천 개의 부처가
　　뿔뿔이 흩어져버린 뒤에도 ▪
　　나 당신 곁을 떠나지 않을 테지만 …

　　당신 곁에
　　또다시 천년을 누워있어도
　　손 한번 잡아주지 않을 걸 알면서도 …

　　천 개의 석탑이
　　다시 바위로 들어가 버린 뒤에도 ▪
　　당신을 사랑하는 마음 변치 않겠지만 …

　　내가 당신 곁에
　　얼마나 오래 있었는지도 모르는 당신은
　　다시 천년이 지나도
　　하늘만 바라보고 있을 테지만 …

– 〈운주사 와불〉 전문

운주사에는 두 개의 미륵불이 누워있다고 알려져 있다. 미륵불은 석가모니가 열반에 든 지 56억 7,000만 년 뒤에 이 땅에 내려와 수많은 중생들을 광명의 세계로 구원한다고 알려진 부처이다. 운주사의 와불에는 그런 소망이 담겨 있다. 그러나 이 와불은 자연 암반에 조각을 한 뒤 일으켜 세우려다 실패한 채 남은 불상이다. 그런데 민중들은 이 불상의 모습에서 새로운 전설, 희망을 만들어내었다. 누워있는 부처가 일어나는 날 밝은 세상이 온다는 전설을 만들어 낸 것이다. 소원은 언제나 그러하듯 쉽게 이루어지지 않는다. 더구나 그것이 관념의 영역일 경우 더욱 그러하다. 따라서 운주사 와불은 신화나 상상 속에서 일어날 뿐 결코 일어날 수 없는 현재의 원망을 담고 있는 부처라 할 수 있다.

와불은 결코 일어날 수 없지만, 시인의 신념은 그런 물리적 사실보다 더 견고하고 강인하다. 물리적인 사실을 뛰어넘는 정신의 영역에서 이 설화, 신화를 수용하고자 했기 때문이다. 와불이 일어나더라도 시인은 자신이 기다려온 '당신' 곁을 결코 떠나지 않겠다고 다짐한다. 여기서 '당신'을

■ 편집자 주

다음은 운주사 보제루에 적혀 있는 주련입니다.

兜率天宮何處在 도솔천궁하처재   극락세계는 어디 있나요?

龍華世界應當是 용화세계응당시   여기가 바로 극락이지요

千佛來會雲中住 천불래회운중주   구름 덮인 이 절에 부처가 천 명이나 모여들었고

千塔涌出徧滿山 천탑용출편만산   바위에서 솟은 천 개의 석탑이 온 산에 퍼졌잖아요

어떤 구체적인 대상으로 한정시킬 필요는 없을 것이다. 더구나 세속적인 이성은 더더욱 아니지 않은가. 그것은 어쩌면 시인이 꿈꾸어온 유토피아의 한 단면이 아닐까 생각된다. 그것은 시인의 불구화된 자의식과 대비할 때 더욱 그러하다고 할 수 있겠는데, 가령 '손끝으로 읽는 지도'의 끝이 시인이 꿈꾸어온 유토피아라는 점에서 그러하다. 존재의 불구성을 극복하고자 하는 시인의 짝사랑은 이토록 강인하고 질기게 표상된다. 서정적 동일성을 향한 시인의 열정 앞에서 독자의 사유 속에 수긍이라는 단어만이 맴도는 것은 이 때문이라 할 수 있을 것이다.

그렇다면 시인은 무엇을 꿈꾸고, 또 기다리는 것일까. 에덴동산의 신화적 세계일까, 아니면 동양적 무릉도원의 현실일까. 아니면 아늑한 어머니의 품일까. 종교적으로 이해하면 에덴에 대한 꿈일 수 있고, 사회적으로 보면 무릉도원이나 청산과 같은 것일 수 있다. 그러나 시인의 정서는 이런 형이상의 세계 속에서 만들어지지 않는다. 앞서 언급대로 시인의 정서는 철저하게 감각적이고 구체적인 것에서 시작된다. 그것이 이번 시집의 특성이거니와 미래로 향하는 시인의 구체적이고 세부적인 발걸음이라고 할 수 있다. 시인이 염원하는 꿈은 관념이나 초월과 같은 형이상의 세계와는 거리가 멀다. 시인의 정서가 지금 여기의 현실에서 만들어진 것처럼, 미래에 대한 열린 유토피아 역시 철저하게 현실 속에서 만들어지고 있기 때문이다.

오늘은 물소 떼를 볼 수 있을까
진흙 목욕을 해서 윤기가 흐르는 털이
아침 햇살을 받아 반짝인다고 했지

아파트 단지 근처
강변으로 산책을 나가면
커다란 검은 뿔이 나 있고
얼굴과 몸통은 더 검은 털로 덮인
물소들이 한가로이 풀을 뜯고 있다고 했지

북미 인디언과 함께 수천 년을 살다가
백인들의 총질로 박제로만 남아있는 물소 가
인디언의 고향인 이곳에는 멀쩡히 살아있다고 했지

소가 집으로 돌아오는 저물녘이면
물소들이 줄을 지어 집으로 돌아온다고 했지

시내로 나가는 길에
물소 떼를 볼 수 있을까

■ 편집자 주

북아메리가 원주민을 인도인인 줄 알고 인디언이라고 불렀듯이, 백인들은 아메리카 들소(바이슨)도 물소인 줄 알고 물소(버팔로)라고 불렀습니다.

117

진흙 목욕을 해서

윤기 흐르는 검은 털이

아침햇살에 반짝이는

물소 떼를,

오늘은 볼 수 있을까

– 〈오늘, 아침〉 전문

시인의 그리움이 닿아 있는 것 가운데 하나가 이 작품에서처럼 물소 떼의 모습일 것이다. 물소는 인디언의 전설과 함께 시작되어 그들의 몰락과 함께 운명을 다한 자연물, 생명체이다. 진흙 목욕을 해서 윤기가 흐르는 털과 거기에 비친 햇살이 반짝이는 모습이야말로 자연의 본질, 원상 그 자체라 할 수 있다. 현재가 파편화되고 분열되어 있으니 그 이전의 세계에 대한 그리움의 정서를 욕망하는 것이 현대인들의 당연한 수순이다.

그런데 한 가지 재미있는 것은 물소의 공간과 아파트의 공간이 만나는 장소에서 이 상상력의 욕망이 이루어진다는 점이다. 물소를 보려면 야생으로 되돌아가야 하고, 또 그것이 당연한 이치 내지는 순서일 것이다. 그러나 시인은 물소의 야생성을 문명이 넘쳐나는 아파트의 현장에서 보고자 희원하는 것이다. 이 얼마나 아이러니한 상황인가. 하지만 문명과 자연의 대립, 그리고 거기서 파생되는 갈등의 양상들을 이해하게 되면, 시인의 펼쳐놓은 이런 의장이 결코 우연의 결과라고는 할 수 없을 것이다. 문명은 그만큼 자연을 파괴하고 자기화했기 때문이다. 자연을 대변하는 물소는 이 문명의 희생자라는 것이 이 작품의 주제의식이다. 시인이 이 작품에서 말하고자 했던 것도 여기에 놓여 있는데, 문명 속에서는 결코 볼 수도 만날 수도 없는 물소 떼의 모습이다. 비록 아주 떠나버린 애인처럼 물소는 사라졌지만, 시인의 자의식 속에는 그러한 물소 형상을 이렇듯 오롯이 남기고자 했던 것이다.

근원을 향한 시인의 그리움은 문명과 자연의 이분법뿐만 아니라 시인 자신의 내면적 풍경 속에서도 읽을 수 있다. 가령, 유년에 대한 아름다운 기억이 바로 그러하다.

아이들 웃음소리보다
더 아름다운 노래가 있을까요?

웃고 있는 아이들보다
더 멋진 그림이 있을까요?

아이들이 노는 곳에는
아름다운 노래가 끝나지 않고
멋진 그림이 지워지지 않지요

어른이 되면 이이들은

웃음을 잃어버립니다

아름다운 노래와
멋진 그림도
같이 사라집니다

그 많은 웃음이
모두 어디로 가버린 걸까요?

주인 손을 놓쳐버린 웃음이 모여드는
웃음나라가 틀림없이 어딘가에 있을 겁니다

그곳에 가면,
하염없이 주인을 기다리는 웃음을
다시 찾을 수 있을 것 같은데!

웃음나라는 어디 있나요?

- 〈웃음나라〉 전문

　근원은 자연과 같은 형이상의 세계에서만 찾을 수 있는 것이 아니다. 근원이란 훼손되지 않은 삶의 세계이다. 한 사람의 역사적인 국면에서 볼 때, 개인의 유년시절만큼 훼손되지 않은 삶이나 정서만 한 것도 없을 것이다. 그것은 기억이 온전히 보존된 공간이며, 일탈이나 갈등, 분열이 없는 전일적 세계이다. 미래로 향한 시각이 닫혀 있을 때, 개인의 자의식이 과거로 향하는 것은 이런 욕망과 불가분하게 얽혀 있기 때문이다. 유년의 시간이란 삶의 온전한 동일성이 완전하게 보존된 공간이다. 따라서 존재의 불구성이 감각될 때, 유년의 시간으로 기나긴 여행을 떠나는 것은 지극히 자연스러운 일이다.

〈웃음나라〉가 말하고자 한 것은 이른바 '조화로운 대합창'의 세계이다. 마치 아름다운 꽃들이 만발한 꽃밭을 보는 것처럼, 유년의 소리들은 그러한 꽃밭의 축제를 대신하고도 남음이 있다. 이 조화로운 소리에 파열음이나 탁음이 개입될 여지란 존재하지 않는다. 대합창의 세계만이 아름다운 배음이 되어 불구화된 자아를 치유할 수 있게 된다.

권정우 시인이 표명하는 근원에 대한 그리움은 남다른 면이 있다. 시인은 자신을 둘러싼 환경 모두를 그리움의 매개로 생각하고 있는 듯하다. 자신의 삶의 한 축을 담당했던 아버지에 대한 그리움을 작품 속에 녹아내리려고도 하고〈아버지의 길〉, 또 시인의 아픈 정서를 만져주었던 어머니의 따스한 손길〈뒷모습〉을 품속에 간직하려고도 한다. 과거에 대한 아름다운 기억이 시인의 일생뿐만 아니라 현재의 그를 만든 부모님에 대한 애틋한 정서로 남아 있는 것이다. 시인은 자신을 둘러싼 그 끈끈한 고리로부터 자유롭지 않았거니와 또 그것으로부터 굳이 벗어나려고 하지도 않았다. 그 아

름다운 기억과 정서 또한 근원에 대한 그리움의 연장선에
놓여 있는 것이었기 때문이다.

외할아버지가 첫아들을 얻고
아내한테 선물한
오동나무장

외할머니가 아직 치매에 걸리지 않았을 때
막내딸에게 물려준
오동나무장

인민군 장교가 군홧발로 걷어찼던 이야기를
어머니한테 들은 기억이 새겨진
오동나무장

돌아가신 어머니 생각이 난다는 말을 감춘 채
수건으로 먼지를 닦아주던 어머니마저
나비처럼 날아가 버렸어도

본가에 오면
오동나무처럼 서 있는

오동보다 훨씬 귀하다는

화양목으로 만들었다는 걸 알게 됐지만

다른 이름으로는 부르고 싶지 않은

오동나무장

- 〈오동나무장〉 전문

이 작품은 과거와 현재가 교묘하게 교차하는 시이다. 과거의 아름다운 기억과 현재의 정서가 오동나무장을 통해서 연결되고 있는데, 오동나무장에 얽힌 역사는 시인의 개인사와 일치한다. 그러나 단순히 일치하는 것이 아니라 아름다운 과거의 기억이 현재화되어 서정적 자아의 현존을 규정하는 매개로 기능하고 있다.

오동나무장이 갖는 이런 시간성은 전통과 현재, 그리고 미래가 어우러졌던 미당의 〈침향沈香〉의 세계와 동일한 경우라 할 수 있다. 일찍이 미당은 ≪질마재 신화≫에서 일상 속에서 걸러진 영원의 세계를 노래하고자 했고, 그 매개가 되는 것을 〈침향〉의 세계에서 찾고자 했다. '침향'은 과거의 과거성이면서 현재의 현재성이기도 했던, 과거와 현재, 그리고 미래를 연결시켜주었던 매개고리였다. 그런 전통과 역사성이 서정주 시인의 고향 '질마재'의 아름다운 모습이었다고 하면, 권정우 시인의 〈오동나무장〉은 시인의 가족사와 연결된 과거와 현재가 지금 여기 시인의 눈에서 아름답게 재구성되는 모습이라 할 수 있다.

시인은 그런 조화로운 역사에 갇히고 싶고, 또 어떠한 경우라도 이로부터 일탈하고 싶지 않다. "오동보다 훨씬 귀하다는 / 화양목으로 만들었다는 걸 알게 됐지만" 결코 오동나무장을 "다른 이름으로는 부르고 싶지 않"는 시인의 의지도 이와 깊은 관련이 있을 것이다. 시인의 기억 속에 자리잡은 조화로운 역사나 전통에 대해서 결코 그는 훼손시키고 싶지 않다. 근대는 모든 것을 휘발성으로 날려보내는 세상이다. 근대를 두고 일시성이나 우연성, 순간성으로 인식하는 것은 모두 이 때문이다. 그러나 오동나무장은 근대의 그런 휘발적 속성과는 거리가 멀다. 시인의 깊은 자의식에서 면면히 내려오는 심연과도 같은 것이기 때문이다. 이시대의 파편성이나 분열의식으로는 결코 설명할 수 없는 메타포가 이 작품 속에 녹아들어가 있는 것이다. 그것이 바로 항구성, 혹은 영원성의 감각이 아닐까 한다.

3. 바람의 이미지와 질서의 세계

　시인은 자신의 삶이 불편부당한 조건에 놓여 있다는 것을 알고 있다. 따라서 그에 대한 철저한 인식이 시인으로 하여금 '손끝으로 지도'를 읽도록 했다. 오직 존재의 아름다운 완결, 영혼의 자유로운 비상을 위해서 말이다. 그러나 그런 실존은 심리적 결단에 의해 이루어질 수 있는 쉬운 길이 아니다. 이를 향한 가열찬 서정의 정열이 있어야 하고, 자아와 세계 사이에 놓인 간극을 치밀하게 좁혀야 비로소 성취될 수 있는 길이다. 존재의 완결을 위한 길은 선험적으로 놓여 있는 것이지만, 그러나 그것은 막연히 쉽게 다가오지 않는다. 꾸준히 탐색되어야 하고 현재화되어야 한다. 아무도 가르쳐주지 않기 때문이다.

처음부터
목적지 같은 것은 없었으니
길이 이끄는 대로 가면 된다는 것을
아무도 가르쳐주지 않았다

바람이 길을 막으면
핸들을 돌려서
바람에 몸을 맡겨야 한다는 것도
알지 못했다

바람을 거스르지 않으면
바람이 페달을 밟아주어
바퀴가 물 흐르듯 굴러가는데

바람과 내가,

자전거와 길이,

강물과 먼 산이 하나가 되는데

우리는
바람이 거세게 부는
봄날 아침에
자전거 안장에 몸을 싣고
무작정 길을 나선 사람들인데

– 〈내 나이 서른에는〉 전문

　인간은 자의적 결단이나 필연적 욕구에 의해 만들어지
거나 고유성이 형성되는 존재가 아니다. 그저 우연히 세상
에 내던져져 있는 존재에 불과할 뿐이다. 실존철학에서 말
하는 피투된 존재이기에 "처음부터 목적지 같은 것"이 있을
수 없다. 내던져진 대로, 그저 주어진 대로 나아가면 그뿐
이다. 그러나 이 뻔한 진리에도 불구하고 존재는 이를 자연
스럽게 받아들이지 못한다. 그것이 바로 존재가 갖는 어쩔
수 없는 한계이다.
　〈내 나이 서른에는〉은 피투된 인간 존재가 불가피하게
만나는 조건들이 세밀하게 묘사된 작품이다. 세상을 이
끌어가는 진리는 너무도 뻔하고 당연한 것이지만, 그러나
그 당연한 것을 쉽게 자기화하지 못하는 것이 인간의 한
계이다. 시인의 판단대로 "길이 이끄는 대로 가면 된다는

것을 / 아무도 가르쳐주지 않았"기 때문이다. 이 진리를 깨우치고 이해하는 것은 타인이 아니라 시인 자신이어야 하는 것이다. 누군가 이를 암시라도 해주었으면 시인의 방황은 일회적인 것에서 끝났을 것이다. 그러지 못했기에 서정의 동일화를 향한 여정은 기나긴 터널을 거쳐야 했고, 또 거기서 쉽게 헤어 나오지 못했다. 이제 그 고난의 문이 비로소 열리려고 한다. 그런데 그것은 생각만큼 그리 어려운 행보가 아니었다. "바람이 길을 막으면 / 핸들을 돌려서 / 바람에 몸을 맡겨야 한다는 것을"이해하면 모든 것이 해결되는, 지극히 단순한 절차였기 때문이다.

이를 계기로 존재의 완결을 향한 시인의 보폭은 이제 좀 더 커지기 시작한다. 더 이상 시인은 십자로에 선 채, 어디로 나아갈 것인지 방황하는 주체가 아니다. 조화로운 서정의 문이 이제 막 열리기 시작한 것이다. 그 문 앞에 자신 있게 선 자아는 이제 가벼운 발걸음, 행복한 행보를 할 수 있게 되었다. 그것을 가능케 했던 것이 바람처럼 사는 삶이고, 바람처럼 휘어지는 삶이었던 것이다.

1

오전에는 장작을 팼습니다 요령만으로는 도끼질을 할 수 없습니다 통나무를 도끼질 한 번에 쪼개려 했던 적이 있었지요 통나무의 자존심을 살려주면 처음에는 완강히 버티다가도 얼마 안 가서 순순히 반으로 길라집니다 도끼날이

상할 일도, 발등을 다칠 일도 없지요 옹이가 많다고 다음
으로 미루면 옹이투성이 장작만 남게 된다는 것도 이제는
압니다

껍질에서 시작된 벌레의 길이 속까지 나 있네요 한 뼘도
채 안 되지만 길고 험난했을 벌레의 여정이 눈에 훤합니다
나무보다 더 단단한 각질로 무장했다면 길을 낼 수 없었을
겁니다 빠른 걸음으로는 깊은 곳까지 도달할 수 없다고, 빛
을 보려면 더 짙은 어둠으로 나아가야 한다고 벌레의 길이
말해줍니다 내일 필요한 땔감은 내일 장만해야겠습니다

2

한낮에는 풍욕을 했습니다 문을 모조리 열어놓았지요 바
람과 햇볕이 집안 구석구석을 씻어줍니다 창호지문이 흙
다짐벽에서 나오는 빛을 걸러 내보냅니다 마루에 요를 깔
고 누우니 바람이 몸을 쓰다듬고 햇볕이 바람의 물기를 말
려줍니다 마당에서 피어오르는 아지랑이 너머로 잔설이
덮인 앞산이 보입니다 귀 기울이지 않아도 얼음 풀린 계곡
의 물소리가 아련히 들려옵니다 바람이 거세고 해가 나지
않는 날에 오늘을 떠올리며 고마워하라고 이런 날이 있나
보네요

책을 보다가 음악을 듣다가 잠시 눈도 붙여봅니다
혼자 있는 것이 축복으로 느껴질 때까지 …

3

주머니에 없는 건 흘릴 일이 없지요

이룰 수 없는 것이 있어서 나는 살고 있습니다

끝이 보이지 않는 길을 천천히 걸어가고 있습니다

- 〈구들마루〉 전문

〈구들마루〉는 자연과 더불어 사는 서정적 주체의 평화로운 일상이 무늬져 있는 작품이다. 자연인은 문명인과 대비되는바, 이 둘을 가르는 기준은 물론 욕망이다. 근대 사회를 이끈 패악 가운데 하나가 욕망의 무절제한 발산임은 익히 알려져 있는 것이거니와 그 반대편에 놓인 자연인은 그러한 욕망의 발산으로부터 비교적 자유로운 존재이다. 욕망을 순화시키고 다스리는 것은 오직 자연의 법칙에 순순히 따르는 일에서만 가능할 뿐이다.

〈구들마루〉를 이끄는 주제의식은 이법 혹은 순리의 세계이다. 도끼질이나 벌레의 행로를 결정하는 것도 이 원리이고, 이를 수행하는 서정적 주체의 행보 역시 마찬가지이다. 뿐만 아니라 자아는 소위 인간적인 것과 자연적인 것을 절대 구분하지 않는다. 그 구분의 기준이 되는 것은 '문'인데, 이 작품에서 문이란 인간과 자연을 구분시키는 차단막이다. 문이 존재한다면, 인간과 자연 사이의 거리는 합일되지 않는다. 그렇기에 시인은 이 차단을 무화시키면서 자연과 인간을 하나의 공유지대로 만들어낸다.

이런 과정에서 중요한 이미지가 시인의 문법으로 기능하게 되는데, 바로 '바람'의 이미지이다. 자연과 인간이 공통의 장으로 묶이는 과정에서 중요한 매개로 작용하는 것이 '바람'이기 때문이다. 실상 권정우 시인이 이번 시집에서 드러내는 가장 중요한 전략적 이미지 가운데 하나가 이 '바람' 이미지이다. 바람은 자연스러운 흐름을 표상하는 유동적 성격을 갖는다. 시인의 작품에서도 '바람'은 이 음역을 벗어나지 않는다. 물론 이 시인에게 '바람'은 하나의 동일한 뜻으로만 구현되지 않는다. 〈내 나이 서른에는〉에서 볼 수 있는 것처럼, 바람은 시인의 앞길을 가로막는 벽으로도 의미화되기 때문이다. 이런 맥락에서 '바람'은 양가적이라 하겠다. 하지만 바람의 의미가 긍정과 부정이라는 두 개의 축으로 나뉘어 동일한 함량을 갖는 것은 아니다. 그것은 시인에게 긍정적 기능으로 더 많이 다가오기 때문이다.

시인의 시 세계에서 '바람'은 순리의 상징으로 이해된다. 〈내 나이 서른에는〉에서 알 수 있듯이 존재는 바람처럼 살면 되고, 그럴 경우 모든 것이 자연스럽게 이해되고 승화된다. 바람의 그러한 의미는 〈구들마루〉에서도 동일하게 구현된다. 서정적 자아는 한낮에는 '풍욕'을 함으로써 자연과 하나 되고, 결국에는 '혼자 있는 것조차 축복'으로 느끼고 긍정의 힘으로 다가오기 때문이다. 바람과 동행한 삶, 다시 말해 자연과 함께 하는 삶이 있기에 존재 완성을 위한 최후의 여정이 시인은 결코 두렵지 않다. 바람과 함께라면 "끝이 보이지 않는 길을 천천히 걸어"갈 수 있기 때문이다.

바람이 구름을
어마어마하게 몰고 왔습니다

산마루에 올라
구름에 덮인 하늘을
보지 않고는 배길 수 없는 날입니다

매미 소리가 멀어졌습니다
여름을 짊어지고
소리 없이 가고 있었나 봅니다

바람만으로도
행복해지는 날입니다

넘치는 건 넘치는 대로
모자란 건 모자란 대로,

좋은 건 좋은 대로
싫은 건 싫은 대로,

다 받아줄 수 있을 것 같은 날입니다

세상도 나도
뒤죽박죽이지만
정리하지 않아도 마음이 편한
참 이상한 날입니다

– 〈바람의 나날〉 전문

바람은 시인에게 모든 것을 가져다주는 전지전능한 힘과도 같다. 바람은 구름을 몰고 오고 시인은 그것이 몰고 온 하늘을 보지 않고서는 견딜 수 없을 만큼 그 노예가 되어 있기 때문이다. 그런 애착이 있기에 시인은 "바람만으로도 행복해"질 수가 있는 것이다. 바람은 넘치기도 하고 모자라기도 하지만 그 자체로 만족을 가져다준다. 그것이 곧 자연의 섭리인데, 시인은 바람이 주는 교훈을 이렇듯 절대적으로 받아들인다. 이런 자세야말로 자연인의 진정한 모습이며, 욕망의 세계를 벗어난 해탈자의 모습이라고 할 수 있을 것이다. 시인은 이제 바람 앞에, 곧 자연 앞에 당당히 나감으로써 존재의 새로운 탄생을 예비할 수 있게 되었다.

4. 삶의 긍정성과 낙천성

시인은 이제 바람처럼 사는 삶이 진정 무엇인지 어렴풋이 알아가고 있는 것처럼 보인다. 적어도 지상의 존재라면, 인생의 본질이나 우주의 이법에 대해서 온전히 아는 것은 불가능한 일일 것이다. 그 거대하고 난해한 성채를 조금이라도 올라갈 수 있다면, 그리하여 그 너머의 세계에 대해 어렴풋이라도 알 수 있다면, 현재 주어진 삶의 조건을 헤쳐나가는 동력을 얻을 수 있을 것이다. 그러나 쉬운 듯하면서도 결코 쉽지 않은 것이 이 도정이다.

시인은 그 난해한 도정을 "끝이 보이지 않는 길"이라고 겸손의 포즈를 취했지만, 그것이 그의 정신세계를 모두 말해주는 것이라고는 단언할 수 없을 것이다. 바람과 더불어 사는 삶, 자연과 함께 하는 삶이 어떤 것인지 그 자신이 스스로 이해할 수 있는 단계에 와 있기 때문이다. 그 단계의 끝에 놓여 있는 것이 존재에 대한 지고지순한 긍정성과 희열의 정서이다. 실제로 이번에 상재하는 ≪손끝으로 읽는 지도≫에는 이런 주제의식을 표방한 작품들이 곳곳에 나타나고 있다.

추위를 더 이상 견디기 어려울 때가 있다
해가 뜨기 직전이라는 뜻이다

한 걸음도 내딛기 어려울 정도로
숨이 찰 때가 있다
정상이 가까웠다는 뜻이다

나는 그릇이 아니지만
불길에 달궈지는 고통이
어떤 것인지 알 것 같다

더 이상 견디기 어려울 정도로
숨이 막힐 때가 있다
가마에서 나갈 때가 다 됐다는 뜻이다

어차피 사는 게 뜻대로 되지 않는 거라면
오지 않은 오늘을 걱정으로 채우기보다
즐거운 꿈으로 채우며 살고 싶다

나갈 때가 지났는데도
내보내지 않을 때가 있다
무척이나 큰 그릇이라는 뜻이다

— 〈숨은 뜻〉 전문

모든 것이 절정에 이르렀을 때, 시인은 실존의 고통이 가
장 극렬하게 드러나게 되어 있다고 판단한다. 추위가 강하

다는 것은 겨울이 깊었다는 것이고, 그것은 봄이 곧 온다는 징표일 수 있으며, 숨이 가쁘다는 것은 정상에 가까워졌다는 의미일 수 있다는 것이다. 마찬가지로 존재의 조건이 무척 열악하다는 것은 더 이상 존재의 고통은 지속되지 않는다는 반증일 수 있다는 뜻도 될 것이라고 이해한다.

시인은 지금 고통의 순간에 놓여 있는 것처럼 보인다. "어차피 사는 게 뜻대로 되지 않는 거"라는 사실에서 빠져나오지 못하기 때문이다. 여기서 실존의 격정 한 가운데에 서 있는 모습을 어렵지 않게 읽어낼 수 있는데, 그럼에도 불구하고 시인은 좌절하지 않는다. "오지 않은 오늘을 걱정으로 채우기보다 / 즐거운 꿈으로 채우며 살고 싶다"고 자기긍정의 심리를 포기하지 않기 때문이다. 실상 이런 긍정성이야말로 실존의 기나긴 터널을 거치지 않고서는 얻을 수 없는 진실이다. 시인의 앞길은 스스로 만든 것이었다. 그에게는 불완전한 자아를 인도해줄 수 있는 절대자도 없었고, 주변의 어느 누구도 그 길을 가르쳐주지 않은 까닭이다. 시인은 자신의 길을 손끝이라는 감각을 통해서 스스로 읽어내고, 자신이 나아갈 길을 탐색해왔다. 그것이 바람처럼 사는, 우주의 이법과 섭리를 따르는 삶이었거니와 그 도정에서 찾아낸 것이 이런 자기 긍정성에의 도달이었다. 그러나 그것은 어느 한순간의 우연이나 보이지 않는 절대자로부터 갑자기 얻어진 것이 아니다. 서정적 자아 스스로가 개척해서 얻은 길, 깨우친 지혜에서 얻은 것이다. 이런 자

기 긍정성이 있기에 다음과 같은 시가 가능했던 것이 아닐
까 한다.

생명은 어떻게 탄생한 건가요?
미생물을 전공하는 교수에게 물었더니
이런 대답을 합니다
알 수 없습니다,
생명의 탄생은
과학으로 설명할 수 없는 현상입니다

그렇구나,
내가 맡고 있는 아까시 향기도
내게 그늘을 드리우고 있는 느티나무도
그 아래 서있는 나도
세상에 나올 수 없었던 거로구나

알 수 없다는 말을 듣고
나는 너무도 많은 것을 알게 됐지요

세상에 나올 수 없었던 내가
세상에 나올 수 없었던
나무를 보고
풀잎을 만지고

사람을 만납니다

그러니까
살아 있는 모든 것들은
세상에 태어나 준 것만으로도
서로에게 선물이 되는 것이지요

힘든 일이 있어도
사는 게 허망하다 여겨질 때도
나는 세상에 나올 수도 없었던 거라는 생각을 하면
모든 게 고마울 뿐입니다

다른 별에서 지구를 바라본 적은 없지만
무척 부러울 것 같습니다
아, 저들은 무슨 복으로
저 아름다운 지구별에 태어나 살고 있을까?

― 〈태어난 것만으로도〉 전문

　자기 긍정성, 혹은 자기 합리화는 아무런 실존적 근거 없
이 가능한 의식이 아니다. 여기에 이르기 위해서는 수많
은 고통과 서정적 동일성에 대한 가열찬 열망이 있어야 한
다. 생명의 탄생, 곧 자신의 탄생은 알 수 없는 신비주의가
만들어낸 것이라 시인은 판단했지만, 그런 신비주의가 실

존의 아름다운 삶으로 그대로 이어지는 것은 아니다. 그것은 오직 삶을 자기화하고 서정적 동일성에 대한 가열찬 열망과 노력에 의해서만 가능할 뿐이다. 이런 결과를 예단하고 있었기에 시인은 태어남 자체를 더 이상 고독의 감옥에 가두지 않는다. 그리하여 열린 세계로 나아가고자 한다. 그 상쾌한 개방성은 경계를 만들고 차이를 만드는 것에서는 결코 이루어지지 않을 것이다.

시인에게 인간이라는 경계는 이미 사라진 지 오래다. 시인은 인간의 문을 개방하여 자연을 맞아들였다. 자연 역시 열린 자아를 자신의 품에 수용했다. 서정적 자아와 자연은 이렇게 거대한 우주 속에서 하나가 되었다. 시인을 옥죄는 실존의 고통이나 자아의 고립은 이제 먼 과거의 이야기가 된 것이다.

　　더 이상 바랄 게 없습니다.
　　달아났던 봄*이 돌아왔으니!

* 산토카 ▪

– 〈나는 이제〉 전문

▪ 편집자 주

타네다 산토카(1882~1940)가 쓴 하이쿠는 다음과 같습니다.

　모두 거짓이었나
　봄이
　달아나 버리다니!

138

매우 짧은 형식의 작품이지만, 이 시가 함의하는 것은 쉽게 간과할 수 없을 것이다. 이 작품은 마치 선시와 같은 품격을 보여준다. 선시처럼 경구나 잠언과 같은 교훈의 정서를 담고 있기에 그러한데, 이 작품이 선시와 다른 것은 시의 목소리가 타자를 지향하고 있지 않다는 점이다. 이 작품은 철저하게 일인칭 내면의 목소리, 곧 자아에게로 향한 목소리로 한정되어 있다. 엘리어트가 말한 시인 자신의 목소리, 곧 제1의 목소리로 한정되어 있는 것이다.

　시인이 이 작품에서 말하고자 했던 것은 자연과 함께 하는 삶, 그러한 삶이 가져오는 실존의 즐거움이다. "더 이상 바랄게 없습니다 / 달아났던 봄이 돌아왔으니"에서 보듯 달관의 목소리가 촘촘히 묻어난다. ≪손끝으로 읽는 지도≫에는 이와 비슷한 형식의 작품들이 군데군데 보이는데, 가령 다음과 같은 작품 역시 그러하다.

　　연꽃이 핀 걸 볼 수 있으니

　　더 깊이 사랑하기로 한다

– 〈착한 핑계 2〉 전문

　이 작품 역시 〈나는 이제〉의 연장선에 놓여 있는데, 시인이 걸어온 긴 서정의 여정에 비춰보면 그 음역이 넓고 깊은 경우라 할 수 있을 것이다. 시인은 이 작품에서 보듯 자연을 통해서 오도悟道의 경지로 들어선 것처럼 보인다. 시가 무척 단형화되어 있고, 함축적이다. 자연을 통한 깨달음, 우주의 섭리를 이해한 자아에게 인과론의 산문 형식은 더 이상 필요치 않기 때문이다. 잠언과 같은 짧은 시형식만으로도 시인의 자의식을 드러내기에 충분했을 것이다.

시인이 이번 시집에서 보여준 품격은 오도 그 자체의 과정으로 보아도 무방해 보인다. 시인은 자연이라는 매개를 통해서 자아의 본질을 읽어내고, 그것이 지향하는 구경의 모습이 무엇인지 이해하고 있었기 때문이다. 자연과 우주의 질서를 통해 파편화된 자아를 하나의 통일된 경지로 끌어올리고 있다. 거기서 뿜어져 나오는 목소리는 자못 무겁고 엄중하기까지 하다. 〈나는 이제〉와 〈착한 핑계 2〉는 그러한 음성이 만들어낸 서정의 응결체이다. 이번 시집에서 시인이 보여준 품격은 이런 작품들에 이르러 그 완성을 보았다고 할 수 있을 것이다.